Lemmikin kesäloma

Lemmikin kesäloma

15 parasta kuvakertomusta Lemmikki-
lehden ja BoD:n kilpailusta

Päällys ja taitto: Books on Demand GmbH
Kustantaja: Books on Demand GmbH, Helsinki, Suomi
Valmistaja: Books on Demand GmbH, Norderstedt, Saksa
ISBN: 978-952-498-911-4

Sisältö

Lukijalle

Kesä on eläinystävien parasta aikaa. Sitä odotetaan, siitä nautitaan ja sitä muistellaan lämmöllä talvipakkasten paukkuessa nurkissa. Lemmikki-lehti ja BoD (Books on Demand) järjestivät kesäkuussa 2011 Lemmikin kesä -nimisen valokuvaus- ja kirjoituskilpailun, jossa osallistujia pyydettiin kertomaan sanoin ja kuvin, kuinka heidän lemmikkieläimensä viettää kesää. Kisaan osallistui valtava määrä toinen toistaan parempia, hauskempia ja sympaattisempia kirjoituksia ja kuvia. Lemmikki-lehdessä ja kisan nettisivuilla julkaistujen finalistien kesken järjestetyn yleisöäänestyksen sekä tuomariston vaikeiden valintojen pohjalta tähän kirjaan valittiin 15 parasta kuvakertomusta.

Tämä kirja haluaa julistaa vääräksi sen yleisen harhaluulon, että Suomen kesä olisi lyhyt. Suomen kesä on pitkä – se kestää ympäri vuoden. Syksyn viimassa, talven tuiskussa ja kevään loskakeleillä iloiset kesämuistot valtaavat mielen joka kerta, kun kokoonnutaan yhdessä valokuviin ikuistettujen kesämuistojen äärelle, tai pidetään eläinystävää hyvänä.

Lemmikin kesäloma on hengästyttävä ja kesänmakuinen paketti silkkaa elämäniloa ja onnea kannesta kanteen. Tätä iloa haluamme jakaa ennen kaikkea Sinulle, rakas lukija. Niiden vähemmän onnekkaiden ystäviemme auttamiseksi BoD luovuttaa kirjan myynnistä saatavan voiton Suomen Eläinsuojeluliitto SEY ry:lle heidän arvokkaan eläinsuojelutyönsä rahoittamiseksi.

Toivotan antoisia lukuhetkiä

Miikka Järvinen, toimitussihteeri/ Otavamedia

Ida Korhonen
Millin lomapäivät

Olen Milli, mäyräkoira. Tämä on kertomus kesäpuuhistani ja lomastani.

Lähdimme autolla juna-asemalle. Siis minä ja ihmiset Ida, Emma-Kaisa, äiti, isi, mummi ja ukki. Juna-asemalla nousimme junaan. Ihmisserkkumme tulivat mukaan. Junassa oli outoa ja vähän pelottavaakin. Apua, minne äiti jäi! Äiti ei olutkaan junassa. Olin hätääntynyt. Ida kertoi, että äiti oli jäänyt juna-asemalle. Rauhoitun Idan syliin. Ja niin alkoi pitkä junamatka. Kesken matkan vaihdoimme junaa. Se oli yhtä häslinkiä. Uudessa junassa oli paljon muita koiria, mutta en saanut mennä leikkimään niiden kanssa. Murjotin hetken, mutta sitten en enää jaksanut. Vihdoin matka oli ohi ja saavuimme mummolaan.

Siitä alkoi ihana viikko. Sain juoksennella vapaana ja leikkiä pallolla. Eikä edes käynyt ihan niin kuin viime kesänä. Viime kesänä leikimme nimittäin myös pallolla ja Ida heitti pallon vahingossa mummolan vieressä olevaan jokeen. Pallo saatiin onneksi kiinni, ennen kuin se lähti virtaan.

Nyt Ida heitti pallon taas, otin sen hampaisiini ja lähdin juoksemaan. Juoksin rantaan ja pudotin pallon veteen. Näytti hauskalta kun se keikkui yhä kauemmas ja kauemmas. Lopulta ukin oli lähdettävä hakemaan palloa veneellä. Pallo saatiinkin onneksi rantaan ja niin leikki jatkui.

Tykkään olla rannalla ja laiturilla, mutta veteen en mene! Vaikka olenkin mäyräkoira, vihaan vettä (paitsi virvoittavaa juomavettä). Voisin ehkä tykätä uida, jos vesi olisi vähän kuivempaa ainetta. Lenkkeily taas on ihan toinen juttu. Rakastan juoksemista ja pitkiä kävelyretkiä.

Kun viikko oli ohi, äiti ja isi tulivat mummolaan. Olin innoissani! En kyllä ymmärrä, miksi en saanut olla vapaana, kun muut lähtivät kauppaan. Kerran lähdin perään, mutta minut kannettiin takaisin sisälle. Mummolasta lähdimme pois autolla. Matka oli pitkä ja lähdimme illalla. Pysähdyimme huoltoasemalle tankkaamaan auton ja ostamaan jäätelöt. Mutta mitä ihmettä? Huoltoasema olikin kiinni. Saavuimme yöllä kotiin. Aamulla Ida alkoi pakata. "Lähdemmekö taas jonnekin?", ajattelin.

Seuraavana päivänä Idan kaveri tuli meille koiransa Japen kanssa. Jappe pelkäsi minua aluksi (en kyllä ymmärrä miksi). Onneksi Jappe kuitenkin voitti pelkonsa ja meistä tuli ystävät. Lähdimme autolla kohti tuntematonta päämäärää.

Saavuimme paikkaan, jossa oli tuhansia koiria. No, taisin ehkä vähän liioitella, sillä Ida kertoi, että koiria oli minun lisäkseni kolmekymmentäseitsemän. Ihmisiä oli saman verran. Se viikko oli tapahtumia täynnä. Joka päivä oli koulutuksia agilityssä, TOKO:ssa ja mikäs se sana nyt olikaan, aivan, junior handlerissa. Pian minulle selvisi, että kyseessä oli koiraleiri. Sain leirillä paljon uusia kavereita, pomerianin, australianpaimenkoiran ja collien. Oli siellä yksi jackrusselinterrierikin, mutta meistä ei oikein tullut ystäviä. Omistajistamme taas tuli. Joskus leirillä jouduimme Japen kanssa tylsiin häkkeihin, mihin lienevät omistajat menneet. Keksimme Japen kanssa hyvän tavan. Menimme aina sängyn alle piiloon, sieltä meitä ei niin helposti saatu häkkiin. Pitäähän ihmisilläkin olla jotain haastetta.

Joskus kun olin jo syönyt oman ruokani, hiivin Japen kupille nappaamaan herkkuja. Sen tavan opin kerran retkellä, kun ihmiset olivat jättäneet keksipurkin auki. Kun he katsoivat muualle, menin keksipurkille, nappasin keksin suuhuni ja hiivin varjoon mutustelemaan sitä. Ihmiset kuitenkin huomasivat sen. Harmi, sillä keksi maistui tosi hyvältä ja olisin mielelläni napannut toisenkin. Retkellä oli mukana myös toinen koira, portugalinpodengo, mutta hän ei ollut yhtä perso ruoalle kuin minä. Leirin lopussa oli vielä taitotesti, mutta en oikein jaksanut keskittyä, koska samat osiot olin jo tehnyt ennen. Kaikki kehuivat, että olen tosi taitava agilitykoira. En kylä ymmärrä mitä ihmeellistä on, että osaa juosta putken läpi ja hypätä esteitä. Leirin jälkeen oli tosi väsynyt ja nukuin kotona monta päivää. Nyt olen taas pirteä oma itseni.

Nyt tiedätte minun kesäpuuhani. Mutta eihän kesä vielä ole lopussa. Kesäloma voi tuoda vielä monia seikkailuja!

Tilda Rajamäki
Oskarin kesä

Koko talven olin lekotellut sisällä yksinkertaisesti tekemättä mitään. Kesän kynnyksellä omistajieni mielestä siihen saisi tulla loppu (joskus en vaan tajua ihmisiä). Onnellisella maalla elävällä maatiaiskissalla niin kuin minulla, kuvittelisi kaiken olevan täydellistä. No, ainakin niin oli siihen asti kun talvi loppui ja talvikarva lähti ja minut passitettiin pihalle urheilemaan. Kylläkin se oli yllättävän kivaa, mutta halusin silti protestoida omistajilleni sitä, etten saanut tahtoani läpi.

Alkukesästä myyrästys ja hiirestys olivat hieman hakusessa, mutta harjoittelulla ne taidot opittiin taas uudelleen. Kuskasin ulko-ovelle myyriä, hiiriä ja joskus jopa oravan tai linnun, mutta silti, vaikka kuinka yritin tuoda perheelleni lahjoja, he eivät innostuneet asiasta.

Seuraavalla kerralla ajattelin kokeilla tuoda hiiren elävänä sisälle. Juuri kun olin menossa näyttämään suurta saalistani, se karkasi ja siinä tuli aikamoinen hässäkkä, kun kaikki yrittivät saada hiirtä kiinni. Minä kun hyvää hyvyyttäni toin teille lahjan ja te sen sitten heitätte pihalle, ajattelin. Jahtasin myös pellolla olevia jäniksiä, vaikka ne olivat aivan liian nopeita.

Suurin piirtein keskikesällä minut laitettiin valjaisiin ja kuskattiin mummun luo kylään. Enpä minä ollut ennen siellä käynyt, joten tutkailin vähän paikkoja. Minulle ei sitten kukaan viitsinyt kertoa, että mummun hella, sellainen vanhanmallinen, oli päällä ja kun ajattelin istahtaa sen päälle poltin tassuni.

Tassuihin tuli kipeitä rakkuloita, mutta onneksi ne paranivat nopeasti.

Heinäkuun paikkeilla perheeni rupesi pakkaamaan tavaroita ja aluksi luulin, että me kaikki lähtisimme jonnekin matkalle, mutta ei. Minut laitettiin kuljetuskoppaan, jota minä inhosin ja vietiin autoon. Matka ei onneksi kestänyt kauan aikaa, kun auto pysähtyi ja minut häkkeineni otettiin ulos autosta. Tajusin mihin olimme tulleet – eläintenhoitolaan. Ei tämä nyt kyllä käy mitenkään päinsä, omistajat jättävät siksi aikaa minut hoitolaan kun itse lomailevat, miten törkeää! Onneksi sain oman häkin, jossa oli kaksi kerrosta. Ainoa huono puoli oli se, että koirat haukkuivat. Muuten siinä paikassa ei ollut mitään pahaa. Viikon kuluttua minut haettiin onneksi takaisin kotiin ja pääsin taas pihalle seikkailemaan.

Loppukesästä sattui ikävä välikohtaus naapurin kissan kanssa. Siinä tuli vähän kinaa reviiristä ja toinen kissa puri minua poskeen. Olin monta päivää syömättä, koska poski oli kipeä, kunnes omistajat huomasivat poskeni olevan turvoksissa. Minut kiikutettiin eläinlääkärille ja eläinlääkäri tutki minut ja totesi poskeni olevan täynnä mätää. Mätä piti saada pois ja minut piti rauhoittaa. Rauhoituksen aikana minua rupesi oksettamaan ja oksensin sitten eläinlääkärin lattialle. Eläinlääkäri otti mädän pois ruiskulla ja sen jälkeen menimme kotiin.

Koko kesän olimme harjoitelleet omistajani kanssa istumista ja tassun antamista ja kesän lopussa ne olivat bravuuritemppuja. Loppukesä kului hiirien syömisessä ja auringossa lekotellen.

Inka Uutela
Nipsu

Nipsu-marsu oli ulkoilemassa niityllä, kun se löysi hyvän apajan. Se haukkasi ensin rikkaruohoa, joka oli ihan hyvää, mutta löysi sitten oikein kauniin kukan ja rouskutteli sitä mielissään. Nurmi oli vihreää, ja sateen jälkeen kaikkialla oli ihanan kosteaa. Nipsu tarpoi kasvien seassa välittämättä jalkapohjiin takertuvasta mullasta. Hyönteiset ja madot eivät saaneet Nipsua säikähtämään, vaan se katseli uusia tuttaviansa ja jakoi heillekin ruokansa. Marsun tumma turkki alkoi lämmetä auringonpaisteessa ja Nipsulle tuli kuuma. Se kävi maate suuren raparperinlehden alle ja sulki silmänsä hetkeksi. Kaikkialta kuului ääniä, mutta Nipsu ei välittänyt. Se vain nukkui.

Jonkin ajan kuluttua Nipsu heräsi saadessaan oravan kaverikseen puutarhaan. Nipsu köllötteli selällään ruohikossa ja katseli silmät pyöreinä pitkähäntäistä kurrea. Orava varasti mukaansa käpyjä, ja lintulaudalta tippuneita siemeniä, ja lähti. Marsu oli hieman vihainen. "Olisivathan siemenet maistuneet minullekin", se tuntui ajattelevan.

Marsu nousi ylös ja ryhdistäytyi, sillä näin kauniina päivänä ei ollut varaa vain löhöillä, piti tehdä töitä. Nipsu katkaisi hampaillaan vielä muutaman heinänkorren ja piilotti ne kivien taakse. Se nousi "kallion" huipulle ja tähyili ilmaan, mutta laskeutui sitten alas ja veti muutaman kierroksen täyttä juoksua aitauksensa ympäri. Näin se hätisteli vieraat mahtavalta apajaltaan. "Huomenna tulen taas uudestaan tänne", marsu mietti ja jäi odottamaan, että se haettaisiin sisälle.

Inari Mäntynen
Pancaken kesä

"Mauu..." kuuluu takapenkiltä. Juu, juu, Pancake. Kohta ollaan perillä, rauhoittelen kissaani. Ennen mökille pääsyä joudumme kuitenkin pysähtymään, koska Pancakella on taipumusta matkapahoinvointiin. Joka kerta kun matkustamme autolla, Pancake tekee joko oksennuksen tai ripulin. Ei toki tahallaan, mutta minkäs sille mahtaa, jos vain sattuu olemaan pahoinvoivaa tyyppiä.

"Hei! Ollaanks kisaa kuka näkee ekana meidän mökin", siskoni keksii. "Joo", huudan. Pian mökkimme tuleekin jo näkyviin, ja juuri kun minä olen huutamassa: "Hep, mä näin ekana meidän mökin", Pancake ehtii minua ennen. "Mjauuuu", se miukuu. Minä ja siskoni purskahdamme nauruun. Pancake tietää, että nyt on kesä ja se pääsee ulos eikä tarvitse olla koko ajan sisällä.

Pian koko kissasta ei näy enää hännän päätäkään. Niin, eikä aikaakaan, kun ensimmäinen hiirikin on jo pyydystetty. Kissoilla on usein tapana tuoda saalinsa sisälle. Luulen se johtuvan siitä, että kissa haluaa tarjota omistajalleen päivällisen. Vaikka tämä tapa saattaa meistä omistajista tuntua inhottavalle, on se kuitenkin aika iso kunnian osoitus kissalta. Miettikää nyt! Kissat pyydystävät meille lounaan, eikä meidän tarvitse korvaamme lotkauttaa. Vaikka harvemmin me omistajat syömme kissamme tuoman saaliin...

Aina iltaisin huudamme Pancaken sisälle. Sen ei ole turvallista liikkua keskellä yötä ilvesten ja kettujen keskellä. Aamuisin kun heräämme, Pancake haluaa jo ulos. Ellei se pääse ennen kello kuutta aamulla ulos, se alkaa hyppiä ulko-oven kahvaan. Siihen sitten herää viimeistäänkin jo koko talo!

Eräänä kauniina kesäaamuna menin ulos syömään aamupalani. Kello oli silloin noin kahdeksan. Yhtäkkiä näin ketun makaavan vastakkaisella kalliolla. Kettu oli myös syömässä omaa aamiaistaan. Se raateli jotain aikalailla kissan kokoista otusta. Siinä vaiheessa minulta meni kyllä kaakaot väärään kurkkuun. "Ei kai tuo vain ole Pancake", huusin. Kutsuin äitini ulos ja hänkin näytti hieman pelästyneeltä. Aloimme huutaa ja etsiä kissaamme. Olin ihan kauhuissani, kunnes äiti huusi: "Pancake makaa tuolla kettua vastapäätä kahdenkymmenen metrin päässä ketusta". Pancake tosiaan vain istui rauhallisena katsellen kettua, kunnes se huomasi minut. Pancake oli jo viiden metrin loikalla luonani. Olin niin onnellinen, kun tajusin, ettei kissallani ollut mitään hätää. Kyllä minulla on sitten urhea kissa, ajattelin rakkaudella.

Emma Laakkonen
Denver-siilin kesä

Oli hiljaista. Siili nukkui tyytyväisenä pesämökissään, suojassa unta häiritsevältä auringonvalolta. Sen mielestä nukkuminen oli yksi elämän suurimmista iloista, matojen syömisen sekä seikkailemisen lisäksi. Siili ei ollutkaan mikä tahansa siili, vaan afrikkalainen kääpiösiili, eli lemmikkisiili. Rankan matojahdin ja juoksupyöräilyn jälkeen ei ollut mitään parempaa, kuin kaivautua pesämökkiin vällyjen väliin ja nukkua koko päivä. Kun alkaisi hämärtää, se menisi taas nenä väpättäen odottamaan, milloin omistaja toisi sille ruokaa ja ottaisi syliin. Nyt kuitenkin oli vielä aikaa nukkua, sillä mökin ulkopuolella oli aivan liian valoisaa, jotta siiliherra olisi edes voinut harkita menevänsä sinne.

Yhtäkkiä jossakin kopsahti jokin. Siili, jonka nimi muuten on Denver, heräsi ja katseli säikähtäneenä ympärilleen. Sen piikit nousivat varovaisesti, muutamia kerrallaan pystyyn ja se kuunteli tarkkaan. Askeleita. Yksi, kaksi, kolme. Pian joku avasi sen kodin oven ja otti sen syliin. Se joku oli käsien tuoksusta päätellen selvästi hänen omistajansa, Emma. Hän nosti siilin tämän siniseen kuljetuskoppaan. Siellä se oli reissannut jo tämän kesän aikana myös mökkimatkan. Se piti matkustamisesta, pystyihän silloin sentään nukkumaan!

Kesäloma oli sen lempiloma. Oli ihanaa möyriä puutarhassa, karata Emman käsistä ja etsiä ötököitä. Se piti myös kukkien ja nurmikon tuoksusta. Mutta minne he olivat nyt menossa? Siili haistoi ulkoilman, huumaavan kesäisen tuoksun.

Pian matkustaminen pysähtyi, ja kuljetuskoppa laskettiin alas.

19

Omistaja nosti siilin vihreälle, tuoksuvalle nurmelle. Denver oli päässyt ulkoilemaan! Siili tutki innoissaan maata vieressään, huomasi edessä päin joukon vaaleanpunaisia ja keltaisia kukkia ja meni tutkimaan niitä. Se kiersi tarkasti ympäri kaikki lähialueen puskat, kaivoi kasvimaan multaa ja löysi sieltä herkullisen kastemadon, jonka Emma tuli jostain syystä nappaamaan pois. Se ei kuitenkaan ehtinyt harmittaa, sillä tutkittavaa oli vielä paljon.

Vaikka Denver ei saanutkaan kesäherkuksi jäätelöä, jota omistaja söi, ötökät maistuivat sille aivan yhtä mainiosti. Se sai maistaa myös pienen palan puutarhasta poimittua mansikkaa. Nauttiessaan kesästä se ehti myös hetken poseerata kukkien kera kameralle, joka talletti tämän iloisen kesähetken muistoihin.

Heidi Äijälä
Koira kalliolla – kesäisiä muistoja

Näitä kesäisiä tuoksuja haistellessani istun kaikessa rauhassa rantakivellä ja katselen lintujen leikkiä järven yllä. Unohdun muistoihini – vuodet ovat jo sotkeutuneet toisiinsa, mutta tietyt hajut, äänet, paikat, ne tuovat kaiken jälleen kerran silmieni eteen. Ehkä kuononi on jo harmaantunut, ehkä en ravaa enää yhtä pontevasti. Mutta muistot, ne eivät ole muuttaneet muotoaan. Olen elänyt jo monta kesää. Seitsemän, itse asiassa, jos tarkkoja ollaan. Eihän se toki kuulosta paljolta, mutta me koirat olemme päiviimme pysähtyneitä – kaikki tapahtuu hieman hitaammin. Niin myös kovin lyhyeltä tuntuvat kesäkuukaudet kestävät meidän ajanlaskussamme liki vuosia.

Synnyin keväällä, jolloin talven kylmyys oli jo sulanut vuolanaan virtaaviksi puroiksi ja pimeys oli vain kalpea kuvitelma emoni tarinoissa. Me pennut kasvoimme kesän odotukseen, katselimme pienet silmät ihmetyksestä ymmyrkäisinä silmuun puhkeavia puiden ja pensaiden lehtiä, totuttelimme lumen alta paljastuviin voimakkaisiin hajuihin. Ja voi sitä riemun päivää, kun viimeinenkin kinos kotitalomme portaanpielestä nöyrtyi auringonsäteiden alla! Emomme johdattamana laskimme tassumme ensi kertaa vihreälle nurmelle ja kummastelimme sen anturoihin tarttuvaa tuoksua. Auringon pehmeä lämpö väsytti meidät pienokaiset nopeasti ja usein uinahdimmekin sikin sokin pitkin pihamaata, kuka selällään, kuka kyljellään maaten. Tärkeintä oli saada edes hippunen auringosta osaksemme. Ja mikäs meidän oli siinä nukkuessamme, emo valvoi aina lyhyen välimatkan päästä untamme.

Olimme autuaan tietämättömiä kaikista ympärillämme vaanivista vaaroista ja ehkä juuri siksi turvassa.

Paljon on seitsemässä vuodessa muuttunut. Enää en ole pieni ja pörheä pentu haparoivine askelineen vaan jo hienoisen seesteisyyden saavuttanut rouvaskoira. Olen päästänyt maailmalle hienon pentukatraan itsekin, joista yksi kulkee rinnallani edelleen – vasta keräten sellaista muistojen saalista, jonka itse jo olen sieluuni koonnut. Paljon on elämäni varrella ennättänyt tapahtua, kaikkina vuodenaikoina, syksyllä, talvella, keväällä, ennen kaikkea kesällä. Niin monet kerrat olen emäntäni apuna ohjannut talven navetan suojissa levänneet lampaat kesälaitumelle ja seurannut nuorten uuhien villejä loikkia vehreällä niityllä. Olenpa muutaman kerran löytänyt karkuteille harhautuneen karitsankin ja johdattanut sen jälleen hätääntyneen emonsa tykö. Todella, paimenkoirahan minä olen aina ollut, korvaamaton ja vertaansa vailla, niin minulle on kerrottu. Mutta vaikka kesät ovat olleet työntäyteisiä – ja tokihan olen työtäni sydänjuuria myöten rakastanut – olen minä nautiskellutkin, piehtaroinut kaikissa niissä huumaavan herkulliselle tuoksuvissa kasoissa, joihin en missään nimessä olisi saanut koskea. Olen uinut metsälammissa, tuonut muassani humuksen tuoksun ja nukkunut sen tähden kesätaivaan alla.

Eivät kesät suinkaan aina niin auvoisia olleet, vaan toisinaan jopa vaarallisia. Eräänä kesänä – olin hyvin nuori ja valitettavan tietämätön silloin – vaeltelin maatilamme pihassa, hajamielisesti lampaiden jättämiä tuoksujälkiä tutkiskellen. Kuinka ollakaan, huomasin aivan jalkojeni juuressa pitkulaisen, kiemurtelevan olennon. Se tuijotti minua kiinteästi pienillä, tarkkaavaisilla silmillään, eikä tuntunut lainkaan ymmärtävän pontevia hännänheilautuksiani. Kaikeksi onneksi emäntäni oli nähnyt tutustumisyritykseni kyykäärmeen kanssa ja onnistui pelastamaan minut vaaralliselta puremalta.

Kiireiset ja nopeatempoiset työkoiran kesät alkavat olla jo takanapäin. Olen siirtänyt tehtäviäni nuoremmalle polvelle, väistynyt hiljalleen sivuun iloitsemaan kesästä hieman eri tavalla. Nyt minulla on aikaa istuskella tällä tavoin järven rannalla, haistella tuulia, muistella emoni kertomuksia kesästä. Tiedän, etteivät tassuni enää aikanaan kanna minua järvelle asti, eivät seuraamaan nuoria koiria työssään lammaskatraan keskellä.

Mutta nyt – juuri tänä kesänä, tänä nimenomaisena hetkenä nautin, annan auringon lämmittää turkkiani ja tutun, miellyttävän väsymyksen painaa silmäni kiinni. Sillä nukahtaessani kesäaurinkoon palaan hetkeksi ensimmäiseen kesääni, huolettomiin päiväuniin leikkien jälkeen vihreällä nurmella.

Emmi Saariniemi
Viken kesä hevostallilla

Olipa kerran hamsteri nimeltä Vikke. Tänään Vikke menee hevostallille, koko kesäksi. Mitäköhän siellä tapahtuu? Nyt saat kuulla siitä.

Vikke pakkaa eväitä, pistää mukaan porkkanoita niin paljon, että hevosillekin riittää. Vikke pakkaa myös auringonkukansiemeniä itselleen.

"No niin, nyt lähdetään", Vikke riemuitsee, ottaa puhelimen ja tilaa taksin. Pian taksi tulee pihaan.

"Ai että minulla on nälkä", Vikke mumisee. Huomaamattaan Vikke syö kaikki porkkanat.

Vihdoinkin Vikke on perillä. "No johan täällä haisee tallille", Vikke toteaa.

"Onko sinun nimesi Vikke?" ratsastusopettaja kysyy.

"On ja voinko minä ottaa tuon hevosen?" Vikke kysyy. "Kyllä voit ottaa", opettaja vastaa.

Vikke satuloi hevosen ja kiipeää selkään.

Ratsastuksen jälkeen Vikke aikoo ruokkia hevosen.

"Voi ei, missä minun porkkanat ovat!" Vikke ihmettelee.

Tallilla ei ole yhtään porkkanoita ja Viken eväporkkanatkin ovat loppu. Mitäs nyt tehdään?

"Hei, annankin hevosille auringonkukansiemeniä", Vikke keksii.

"Ole hyvä hevonen", Vikke sanoo. Ja hevonen piti siemenistä niin, että se halusi miljoona siementä lisää! Olipa hyvä, että Vikke otti auringonkukansiemeniä mukaan, koska hevoset pitivät niistä niin paljon.

Telma Peura
Mollyn kesä

Koulun loppuessa perheen lagotto-neiti Molly ihmetteli sitä vilskettä ja vilinää, mitä lomalle lähtö aiheutti. Se nosti kuononsa ilmaan ja haistoi jo kauan odotetun kesän tuoksun. Pian perheen lomakuume alkoi jo tarttua koiraankin ja se alkoi partioida auton ympärillä odottaen levottomana lähtöä. Ei kulunut kauaakaan, kun kaikki olikin jo mukana ja auton moottori hurahti käyntiin. Siinä sitä oltiin sitten matkalla kohti mökkiä ja kesää.

Kesä oli paras vuodenaika, minkä Molly tiesi. Se rakasti uimista, juoksemista metsässä ja uusien hajujen haistelemista. Kun auto vihdoin pitkän ajomatkan jälkeen oli perillä, Molly juoksi suoraan järveen. "Voi, Molly!" äiti huudahti, "nyt olet kyllä niin märkä, ettet voi tulla sisälle ennen kuin sinut on kunnolla kuivattu." Molly ravisteli turkkiaan, eikä ollut voivottelusta moksiskaan. Ulkona oli sitä paitsi paljon hauskempaa kuin sisällä. Talven aikana tontille oli ilmestynyt paljon uusia kiehtovia hajuja, kuten myös naapurin tontille

Yleensä Molly pysyi tottelevaisesti omalla pihalla, mutta näin ensimmäisen lomapäivän kunniaksi se päätti tehdä poikkeuksen. Ennen kuin kukaan huomasikaan, se oli jo juossut naapurin tontille. Hajut eivät poikenneet paljoakaan oman pihan hajuista, mutta ruohohan on aina vihreämpää aidan toisella puolella. Mollyn karkumatka loppui kuitenkin lyhyeen naapurin rouvan napatessa sitä pannasta kiinni. Harmistuneena se tuhahti ja lähti alistuneena takaisin omaa kotipihaa kohti. Naapurin täti jäi vielä juttelemaan Mollyn emännän kanssa Mollyn juostessa jo eteenpäin kohti rantakallioita.

Västäräkki oli tehnyt pesänsä laiturilankkujen väliin ja kiin-nostuneena Molly lähti nuuskimaan pesää. "Ei, ei Molly, älä mene häiritsemään poikasia!" huudahti perheen vanhempi ty-tär, mutta tuli itsekin uteliaana kurkistamaan pesää. Ihmettelevä huudahdus pääsi tytönkin suusta, kun hän huomasi, mistä pesä oli rakennettu: Mollyn ikiomista karvoista, kun äiti oli viime vuonna sitä rannassa trimmannut. Sen pienet koiranaivot oikein täyttyivät ylpeydestä, kun se ajatteli, kuinka tärkeässä osassa sen karvakiehkurat taas olivatkaan. Olihan Molly jo arvonsa tunteva isoäiti ja se tiesi, milloin kannatti olla omista teoistaan ylpeä. Huolestunut emolintu lensi kuitenkin ympyrää pesän yläpuolella hätääntyneesti piipittäen ja niin pesä täytyi jättää rauhaan. Emo ei todellakaan pitänyt pesärauhan häirinnästä.

Kesän paras puoli on se, ettei tekeminen lopu koskaan. Niinpä Molly saattoi uimiseen väsyttyään siirtyä houkuttelemaan muita perheenjäseniä leikkimään kepillä. Aina eivät keppileikit jaksa-neet muita kiinnostaa, joten Molly ryhtyi usein myös muihin lempitouhuihinsa. Kukkamaan kaivelu oli sen mielestä vallan mainiota, eikä muistakaan paikoista kaivaminen ollut sen hul-lumpaa. Harmi vain, Molly oli huomannut, ettei kaivaminen kuulunut muiden suosikkitekemisiin. Usein se jopa kiellettiin kokonaan, vaikkei Molly moisista kielloista aina jaksanut välit-tääkään.

Molly rakasti myös pitkiä metsälenkkejä ja olisi usein jaksanut vaeltaa paljon kauemmin kuin muut. Metsissä oli paljon sellaisia hajuja, mitä muualta ei löytynytkään: kauriiden ja hirvien jälkiä, ketunkoloja, linnunsulkia. Usein Molly oli mukana myös mus-tikassa ja söikin parhaat marjat aina suoraan puskista. Siitä se olikin saanut jo lempinimensäkin, Mustikkamollin.

Hauskinta, mitä se tiesi, oli kuitenkin pihalle pystytetyn kotite-koisen agilityradan suorittaminen. Hop, ja hyppyeste oli suori-tettu! Säntäys emännän ohjeiden mukaan kepeille ja pujottelu niiden välistä. Siinä vauhdissa taisi muutama keppi jäädä välistä, mutta hauskaa se kuitenkin oli!

Tämän kesän hohtoa vähensi Mollyn mielestä kuitenkin se, että lähistöllä oli nähty liikkuvan karhun poikasineen. Äiti puhui karhusta naapureille huolissaan ja kaikki olivat yhtä mieltä siitä, ettei syvemmälle metsään ollut menemistä. Niinpä metsälenkit sitten jäivätkin vähemmälle ja ne vähätkin tehtiin sellaista melua pitäen, että kaikki lähistön eläimet kaikkosivat monen sadan metrin päähän. Se harmitti Mollya, joka olisi mieluusti halunnut jahdata ainakin pupuja.

Mollyn jokapäiväiseen ohjelmaan kuului kuitenkin karhuista riippumatta postinhakulenkki, joka usein oli kuuma ja tuuleton. Lisäksi sen piti kulkea osan matkaa kytkettynä, eikä se yhtään pitänyt liikkumista rajoittavasta hihnasta, varsinkin kun hihnan toisessa päässä kulkevan taluttajan vauhti oli paljon hitaampi, mitä Molly olisi toivonut. Paluumatkalla se usein hauskutti mukanaolijoita käymällä itsenäisesti uimassa läheisen lahden rannassa siinä kohdassa, missä kenelläkään ei ollut mökkiä, ja uiminen oli luvallista. Vapaaksi päästessään Molly siis juoksi suoraan veteen ihmisten jatkaessa leppoisasti matkaansa eteenpäin. Hetken kuluttua Molly olikin jo palannut, märkänä ja onnellisena.

Mollyn perheen mökki oli järven rannalla, mutta merikin oli, saaristossa kun oltiin, suhteellisen lähellä. Joskus suunnattiinkin päiväretkelle merenrantaan, mikä oli Mollyn mielestä ihanaa vaihtelua. Ainut asia, mitä se ei voinut siellä ymmärtää oli, ettei merivettä saanut juoda. Maistuihan se vähän erilaiselta kuin järvivesi, mutta Mollya se ei haitannut, ainakaan niin paljoa kuin emäntää. Kerran se kuitenkin joi merivettä liikaa ja siitä seurauksena sille tuli siitä sen verran huono olo, että illalla täytyi juosta ulos oksentamaan. Sen jälkeen Mollyn perhe toivoi, että meriveden juonti voisi jo riittää, mutta mitäpä sitä pienen koiran pieniin aivoihin voisi kertaluontoinen pahoinvointi vaikuttaa? Jatkossa koiruutta vahdittiin kuitenkin entistä enemmän merenrannalla.

Eräänä päivänä Molly oli taas kerran pulahtanut järveen virkistäytymään. Näin vuosien saatossa se oli omaksunut tavakseen, ettei tullut uimasta pois ennen kuin oli "pyydystänyt" jotain saalista mukaansa. Tavallisesti Mollylle heitettiin veteen keppiä, mutta tällä kertaa se ei löytänyt yhtäkään noutotarkoitukseen soveltuvaa kalikkaa. Hätään ei Molly vedessä kuitenkaan joutunut, sillä se oli huomannut, että emäntä piti paljon kukista. Vedestä noustessaan Mollylla siis oli ulpukka suussa ja häntä ylpeänä pystyssä. Palkkioksi kauniista kukasta se sai emännältä runsaat kehut ja rapsutukset. Myöhemmin Molly kuitenkin totesi, että ulpukoita oli mukavampi syödä, kuin antaa lahjaksi, eikä emäntä enää jatkossa saanut kukkasia.

Kauniina heinäkuun iltana Molly istui takkatulen ääressä emäntänsä sylissä väsyneenä ja onnellisena. Se haukotteli raukeasti ja tuumasi, että tämän paremmaksi ei koiran elämä voisikaan muuttua.

Salla Virkkunen
Koiranpennun ensimmäinen kesä

Hei! Minä olen pieni koiranpentu. Rodultani olen kultainennoutaja. Synnyin juuri muutama tunti sitten, eivätkä silmäni ole vielä auenneet. Onneksi löydän emäni ja sisarukseni hyvän hajuaistini avulla. Välillä eksyn kauas muista ja kerran eksyin jopa laatikostamme ulos. Onneksi meidät nostetaan silloin takaisin emämme luokse.

Odotan innolla silmieni aukeamista, mutta nyt käytän hyvin suuren ajan elämästäni nukkumiseen, enkä ole hereillä päivässä kuin muutaman tunnin. Minä en tiedä mitään parempaa, kuin kunnon päiväunet!

Reilun viikon kuluttua silmäni vihdoin aukeavat. Minä olen siis puisessa kopassa, jossa on pyyhe pehmusteena. Seuranani ovat siskoni, veljeni ja emäni. Välillä yksi ihminen tulee silittelemään ja juttelemaan meille. Lisäksi täällä käy myös aika paljon vieraita ihmisiä. Pienet ihmiset ovat kivoja, he paijailevat meitä ja myöhemmin tykkäävät myös ottaa lattialla meitä syliin. Seisten lapset eivät kuitenkaan saa ottaa meitä syliin, ettemme tipu ja katko hentoja luitamme. Se nimittäin voisi sattua!

Kun aikaa vierähtää, meidät siirretään pois hämärästä huoneesta ja laatikosta valoisaan ja avaraan keittiöön. Täällä keittiössä on matalalia hyllyjä, joissa minä ja sisarukseni tykkäämme nukkua ja lepäillä. Lattialla on myös jotain paperia. Mitäköhän ne siinä tekevät? Siihen saamme pian vastauksen. Aina, kun me teemme tarpeemme sanomalehdelle, meitä kehutaan ja kiitellään. Se on siis meidän pissapaikkamme. Hyvä, että on sanomalehdet, koska ei ole yhtään kivaa pissata lattialle.

Kun yhdet ihmiset tulevat katselemaan meitä, niin minä haluan leikkiä piilosta ja piiloudun pöydän alle. Mutta se ei olekaan yhtään hyvä idea, sillä kukaan ei huomaa minua. Kun yritän päästä pois pöydän alta, en pääsekään. Alan siis vinkua ja inistä. Onneksi eräs tyttö huomaa minut ja ottaa minut syliinsä. Nyt pääsen kaikkien syliin rapsuteltavaksi. Kun ihmiset syövät pullaa pöydässä, hyppään tyhjältä penkiltä pöydälle ja varastan yhden keksin. Kaikeksi harmiksi kasvattajani huomaa minut ja kaivaa keksin suustani. Voi hitsi, se oli niin hyvää! Pian nämä vierailijat lähtevät ja minä ja sisarukseni pääsemme nukkumaan päiväunia. Minua olikin jo ruvennut väsyttämään kaikki se leikkiminen.

Pian saamme tavata myös serkkumme, jotka ovat minua ja sisaruksiani noin viikon vanhempia. Nyt huomaa, että olemme kaikki erilaisia. On laiskoja ja rauhallisia, vilkkaita ja energisiä ja kaikenlaisia siltä väliltä. Minä itse olen aika eloisaa sorttia, mutta osaan myös rauhoittua ja heittäytyä rapsuteltavaksi. No, kukahan nyt ei rapsuttelusta tykkäisi!
Tällä käy kerran myös eläinlääkäri, joka tutkii meidät ja antaa rokotuspiikin. Minä en pidä piikistä lainkaan ja kiljun kuin viimeistä päivää. Se oikeasti sattui! Meidän pentueemme vanhin tyttö, joka on kuin itse rauhallisuus, ei edes inahda kuin hänet rokotettiin. Ihme tyyppi, en ymmärrä isosiskoani lainkaan! Kaikista vilkkaimmat pennut taas yrittivät karata eläinlääkärin kynsistä. Eihän eläinlääkäri pahaa tee, ja pian tämäkin kokemus on ohi ja me kaikki saatamme kääntää kirsumme kohti seuraavaa päivää ja uusia juttuja.
Välillä keittiön portin takana on kissoja sekä isoja, erilaisia koiria. Ne koirat eivät kyllä ole noutajia, kuten me. Välillä haukahdan niille, mutta ne vain ovat rauhallisia ja kissat nuolevat turkkejaan.

Outoja eläimiä! Ovatkohan ne sukua isosiskolleni, kun hänkin on välillä aika outo? No, tuskinpa.

Kun kasvamme tarpeeksi pääsemme vihdoin ulos. Kun sen päivän aamu koittaa, heräämme ja me viimeinkin olemme ulkona. Tämä se vasta on jännittävää! Me lähdemme kaikki heti innokkaina tutkimaan uutta, vehreää ympäristöä. Minä tykkään myös syödä apiloita. Ne ovat hyviä!
Me saamme myös hakea riistaa. Sillä testataan kuulemma meidän tehokkuuttamme metsälle. Minuakin kiinnosti riista, mutten kuitenkaan ryntää sen perään suunapäänä kuten osa. Mutta vaikka kaikkia ei riista kiinnostakaan, niin ei se haittaa, sillä ei kaikkia koiria ole metsälle tarkoitettu. On myös paljon muita kivoja harrastuksia, kuten vaikkapa agility. Jonkin ajan kuluttua me myös siirrämme ruokavaliomme emän maidosta kiinteään ruokaan ja samalla meidät vieroitetaan emästämme. Emää tulee ikävä, mutta totumme pian niin uuteen ruokaan, kuin yksin olemiseenkin.

Eräänä päivänä minä, sisarukseni ja emäni nukuimme keittiössä. Kesken päiväunieni huomaan, että portti on auki. Ajattelen, että olisi kiva päästä pienelle tutkimusmatkalle ulkoilmaan, sillä välin kun muut nukkuvat. Olenhan minä ulkona ennenkin käynyt, niin enköhän minä hetken siellä pärjää. Siispä lähden hiljaa hiipien ulos portista ja raollaan olevasta ulko-ovesta. Tielle en halua mennä, sillä siellä on aivan liikaa autoja. Houkutus mennä aidassa olevasta pienestä kolosta on kuitenkin aivan liian suuri voitettavaksi. Niinpä hetken omatuntoni kanssa kamppailtuani lähden pois tutusta ja turvallisesta kotipihasta.
Menen aivan autotien reunaa kunnes pääsen metsän kohdalle. Täällä haimme riistaa, joten ympäristö ei ole aivan vieras. Metsään lähdettyäni kohtaan heti ongelman. Puunrunko on kaatunut polulle! En pääse kiertämään sitä, joten yritän hypätä sen yli. Ensimmäinen hyppy on niin matala, etten pääse edes puunrungon

päälle. Toinen hyppyni on jo korkeampi, vaikka ei sekään ihan vielä riitä. Nyt minä alan jo huolestua, että tähänkö tämä retki päättyy. Yritän ja yritän vielä monta kertaa, mutta en vain pääse kaatuneen puun päälle, puhumattakaan siitä, että hyppäisin sen yli. Päätän kuitenkin vielä kerran yrittää hypätä sen yli. Otan kunnolla vauhtia ja pääsen kuin pääsenkin puunrungon yli. Nyt seikkailuni metsässä voi alkaa.

Lähden tallustelemaan polkua pitkin. Löydän maahan pudonneen linnunpesän. Pesässä on kolme munaa, mutta emoa ei näy missään. Otan yhden munista suuhuni ja ajattelen, että vien sen kotiin tuliaiseksi. Niinpä lähden hiljaa hiipimään poispäin pesästä kohti kotia. En ehdi kulkea kuin vähän matkaa, kun vihainen lintuemo tulee ja riistä munan suustani. No, nyt ei ole tuliaisia, mutta ei kai ole ihan pakko aina tuoda jotain mukanaan. Lähden kotia kohti ja kun pääsen pihaan, ensimmäiseksi minä menen nurmikolle tekemään pissat, sillä minulla on kamala pissahätä.

Seuraava etappini on kukkapenkki. Minä katselen ja nuuhkin kauniita kukkia ja tongin multaa. Päätän maistaa multaa ja kun maistan sitä, voin todeta, ettei se ole ollenkaan niin pahaa, mitä voisi luulla. Sitten suuntaan kahden puun välissä olevan pienen kiven luokse. Kiveltä on kiva hyppiä ylös ja alas. Hypin kivellä niin kauan kuin jaksan, mutta kaikkeen tekemiseen yleensä joskus kyllästyy, ja niin minäkin kyllästyin tarpeeksi hypeltyäni. Huomaan maassa pienen etanan ja alan seurata sen kulkua. Se matelee hitaasti ja minä matelen perässä. Etana kulkee pihan toiseen päähän, mutta pian sen kulku päättyy niin pieneen koloon, etten edes voi kurkata sinne. No, se siitä sitten. Kyllä pihalla on paljon muutakin kuin yksi etana.

Edessäni on nyt tosi iso koiranhäkki, jossa on kasvattajani muita koiria. Päätän mennä tervehtimään niitä. Ne sanovat minulle, että minun pitäisi olla sisällä keittiössä nukkumassa. Sitten vasta muistan, että muut nukkuvat päiväunia keittiössä. Sanon muille koirille "Moikka!" ja lähden sisälle päin, mutta kun pääsen ovelle, se onkin kiinni! Alan inistä ja ulvoa, mutta kukaan ei tule avaamaan minulle ovea. Juoksen hädissäni takaisin häkissä olevien koirien luokse ja selitän heille, että en pääse sisälle muiden luokse. He alkavat haukkua ja ulvoa yhdessä minun kanssani ja pian kasvattajani tuleekin nurkan takaa katsomaan, että mitä ihmettä täällä tapahtuu. Kun kasvattajani näkee minut, hän nostaa minut syliinsä ja päivittelee miten ihmeessä olen päässyt ulos. Hän vie minut sisarusteni luokse ja laittaa portin kiinni perässään. No, en minä kyllä enää ulos haluaisi. Olen nähnyt ja kokenut seikkailua aivan tarpeeksi, joten nyt voin nukahtaa emän viereen, tuttuun seuraan. Ja ei mene kuin hetki, kunnes olen syvässä unessa.

Nyt kaikille meille alkavat olla ostajat eli uudet omistajat selvillä ja meitä käydään vielä viimeiset kerrat katsomassa. Minuakin on yksi perhe käynyt katsomassa useampaan kertaan ja he vaikuttavat kivoilta. Perheessä on yksi tyttö, kaksi poikaa ja vanhemmat. Seuraavalla kerralla he ottavat minut mukaansa. Minä teen pissat ulos ennen automatkaa ja kasvattajani antaa uusille omistajilleni muutamia tavaroita, kuten taluttimen, tutunhajuisen peiton, jonka parissa olemme kaikki riehuneet ja joitakin papereita. Automatkan minä nukun sylissä, ja kun pääsemme perille minut lasketaan taluttimessa haistelemaan uusia hajuja. Nyt minua odottaa uusi koti ja aivan uusi jännittävä seikkailu!

Sonja Blomberg
Anskun ensimmäinen kesä

Ansku (Angelie vom Kindelsbergtal) saapui meille keväällä 2010 Saksasta tänne Suomeen. Ansku on rodultaan sileäkarvainen kromfohrländer. Anskun ensimmäinen kesä oli vauhdikas ja täynnä elämyksiä. Pikkuinen äkkäsi pian kaikki kesän suuret riemut, kuten perhosten jahtaamisen, ojissa mylläämisen ja kuoppien kaivamisen äidin kukkapenkkiin...

Anskun ensimmäinen uintireissu tapahtui tädin mökillä Imatralla, juhannuksen aikaan. Ansku kirmasi tapansa mukaan perhosten perässä kalliolla. Valitettavasti se otti liian kovan spurtin ja juoksi suoraan veteen ennättämättä pysähtyä! Me ihmiset tietty mietimme, osaako se uida ja saiko se nyt trauman kylmästä vedestä, mutta katin kontit, se polskutti tyynen rauhallisesti rantaan ja alkoi juosta hirmuista vauhtia ympäri mökkiä kuivattaakseen itsensä!

Mökillä se törmäsi myös suureen hevoseen. Oli siinä pienellä ihmettelemistä, kun itse oli hädin tuskin hevosen turvan kokoinen! Ansku piipitti sille kimeällä äänellä mamin jalkojen takaa, pienet silmät ihmetyksestä ammollaan. Sieltä se kurkisteli ja murisi pienesti, kunnes hevonen oli mennyt.

Heinäkuussa tuli eteen muutto ja Anskua ihmetytti. Uutta kotia ympäröi metsä ja kalliot. Anskusta oli aivan ihanaa juoksennella lenkkipoluilla ja kaivella joka paikassa, ilman että mamin kukat kärsivät. Se juoksi kalliota ylös ja alas ja ravasi rappusissa samaan malliin. Naapurissakin odotti kolme uutta koirakaveria.

Elokuussa käytiin retkeilemässä Kylmäluomassa. Siellä Ansku pääsi veneilemään ja haukkui jokaisen liian läheltä menevän veneilijän. Se selvästi rakastaa veneilyä, niin nätisti se oli ja kipitti innolla veneeseen kun lähdettiin, eikä pannut pahakseen pelastusliivejäänkään. Poroja reissulla näkyi paljon, mutta siihen mennessä Ansku oli ehtinyt nähdä jo niin paljon hevosia, etteivät porot enää ihmetyttäneet paljoakaan. Tällä reissulla Ansku paljasti myös oman oudon fetissinsä käpyihin. Nimitänkin sitä usein käpykoiraksi...

Elokuussa osallistuimme myös rotuyhdistyksen järjestämälle leirille. Siellä vahvistui, ettei Anskulla ainakaan mitään vesipelkoa tullut: se juoksi saman tien veteen kun päästiin rantaan! Leirillä opeteltiin paljon sosiaalisia taitoja, sillä paikka kuhisi toisia ländereitä. Nätisti Ansku leikki ja touhusi siellä, olimme niin ylpeitä. Leirillä harjoiteltiin näyttelykäytöstä ja -toimintaa sekä tutustuttiin agilityyn. Pikkuinen oli kaikessa innolla mukana! Kämppäkaveriksi saatiin urosländeri, joka oli suorastaan hulluna Anskuun, mutta sitten kun muutkin urokset alkoivat hullaantua Anskusta, ihmettelimme, että mitäs nyt. Anskulla oli alkanut ensimmäiset juoksut onnettomaan aikaan! Siksi ei sitten päästy osallistumaan leirin omaan näyttelyyn. Takaiskusta huolimatta Anskulla näytti olevan hauskaa. Se oli hyvä kokemus, ja Ansku opetteli olemaan myös yksin vieraassa paikassa, kun sitä ei voinut ottaa kaikkialle mukaan.

Kesäloman loppupuolella me ihmiset kävimme ratsastamassa neljän tunnin vaelluksella. Koska Ansku oli niin pieni, ei sitä voitu ottaa mukaan, joten se jäi karsinaan odottamaan, seinän takana seisoi naapurina iso hevonen, joka hirnahteli välillä, mutta ei pahemmin häirinnyt tai pelotellut urheaa pikku Anskua.

Varsinainen reissukoira Anskusta tuli ja saatiin varmistettua pienelle elämyksellinen ja tapahtumarikas kesä. Ihka ensimmäinen kesä!

Janita Ylikoski
Jatta ja minä

Tassutellessani aamulla ulos kopistani nenääni kantautuivat kesän tuoksut. Kaksi haarapääskyä lenteli aamun sinisellä taivaalla ja kimalaiset pölyttivät kasveja. Päivästä oli tulossa todella lämmin ja mietin mitä omistajani tänään keksisi. Sitten kuulin ulko-oven äänen, omistaja oli tulossa!

Ja niin oli! Sieltä hän käveli minua kohti ja rapsutti minua korvan takaa niin kuin aina. Heilutin innoissani häntääni ja hyppäsin äkkiä omistajani perään.

Istahdin ihanan viileälle keittiön lattialle ja pian kuului ruokakupin ääntä, oli ruoka-aika! Kun olin nuollut kuppini kiiltäväksi lähdimme lenkille kukkaniitylle, jossa on mukava juosta karkuun kaveriani, Jattaa.

Kävelimme jonkun matkan päähän ja kirkkaankeltainen kukkaniitty oli edessäni. Omistajani napsautti remmin irti valjaistani ja silloin se oli menoa! Rynnistin pakoon kaikkia luonnon öttiäisiä ja tietenkin parasta kaveriani Jattaa, joka oli tullut mukaan omistajansa kanssa. Ilmassa kaikuivat iloiset koiran haukahdukset ja suurien tassujen rymistykset. Poseerasin pariin otteeseen kameralle, jota omistajani piteli käsissään. Tiesin, että olen kaunis ja että omistajani piti minusta juuri sellaisena kuin olen.

Kun auringonsäteet alkoivat pikku hiljaa kadota kukkulan ja puiden taakse, oli tullut taas ilta ja kotiinlähdön aika. Hyvästelin Jatan ja jatkoin matkaani omistajani kanssa. Olin todella väsynyt sen päivän temmellyksistä ja leikeistä.

Mitähän se huominen tuo tullessaan? Sitä ei vielä tiedä, mutta varmasti jotain todella hauskaa ja mieleenpainuvaa!

Anna Sofia Pasanen
Kidi nauttii elämästä

Kissamme viettää kesää varsin mukavissa merkeissä. Arjen ja kesän välillä ei Kidin elämässä ole muita eroja kuin että omistajat ovat enemmän kotona, on lämmintä ja että pääsee tavallista useammin valjaissa ulos, jopa monia kertoja päivässä. Oikealta nimeltään Kidi on "Tiger Polyester Manchester by the Sea", ja kutsumanimeltään Kidi. Suuri, rodultaan maine coon -kissamme rakastaa ulkona käymistä ja nauttii elämästä täysin rinnoin.

Kidi tulee aina luokse ja johdattelee sitten takaoven luo ja odottaa kärsivällisesti, kun sille puetaan valjaat. Heti oven aukeamisen jälkeen se leppoisasti kävelee pihalla olevalle pienelle koristealtaalle ja juo siitä siihen satanutta sadevettä, - omasta juomakupista juodaan vain, jos ulos ei pääse. Juotuaan Kidi kävelee jollekin varjoisalle paikalle makoilemaan ja nauttimaan elämästä. Auringossa paksussa turkissa tulee muuten liian kuuma. Ulkona Kidi saattaa viettää monia tunteja ja käydä silloin tällöin juomassa altaasta tai syömässä sisällä.

Nykyään Kidi asuu mummini luona, mutta tapaan sitä yleensä useita kertoja viikossa. Sen lisäksi sillä on mummin luona kaverina huomattavasti pienempi ja nuorempi, myös maine coon -kissa Mandy. Molemmat kissat ulkoilevat valjaissa ja pitkissä remmeissä, jotka on kiinnitetty painoihin. Kidin muutettua allergiani takia mummilleni kesti jonkin aikaa, ennen kuin kissat rupesivat elämään sovussa. Neljävuotias, loppuvuodesta viisi vuotta täyttävä Mandy ottaa usein mallia Kidistä joissain asioissa, kuten se teki joitakin vuosia sitten opetellessaan pesemään naamansa. Minusta tuntuu siltä kuin Mandy olisi pikkuversio maine coonista, sillä se on hyvin pienikokoinen ollakseen maine coon, joka on tunnetusti maailman suurin kissarotu. Mandy on tosin naaras ja Kidi 15-vuotis kolli, se on minuakin yhden vuoden vanhempi.

Kuvassa komeileva Kidi, "Tiger" on jo vaihtanut kesäkravatin päälle ja nauttii kesästä. Koostaan riippumatta molemmat kissat rakastavat ulkoelämää, ruokaa, rapsuttamista, ja ennen kaikkea kesää!

Hannele Vuori
Lumisateen ensimmäinen kesä

Olin vuosikymmeniä haaveillut chinchillapersialaiskissasta. Haaveen toteuttaminen siirtyi aina vuosikymmeniä eri syistä. Milloin olin elämän ruuhkavuosia suorittava yksinhuoltaja, jolla tuskin olisi ollut aikaa turkinhoitoon. Ja milloin mitäkin. Mutta nyt tänä keväänä tuli aika, jolloin pennun tuloon ei olisi estettä. Chinchillapersialaiskissat ovat tosin käyneet niin harvinaisiksi, että oli hankalaa löytää pentua. Kuin ihmeen kaupalla tarjolle kuitenkin tuli kuin tulikin todella lyhyellä odotusajalla pikkuinen Lumi.

Lumi syntyi maaliskuun alussa joten touko-kesäkuun vaihteessa saimme hänet kotiin. Kaikki pelkomme siitä, miten vanha koiramme ja kissamme suhtautuisivat uuteen tulokkaaseen, olivat turhia. Pienen hämmästelyn jälkeen Lumi on ottanut oman paikkansa perheessämme ja viettää kesää koko perheemme hemmottelemana. Olen itse pyhittänyt kesälomani "äitiysloman" viettoon, mitä suosittelen muillekin. Edullista, ekologista ja ainutlaatuista aikaa. Pentuvaihe menee ohi niin nopeasti, valitettavasti. Nyt sitten edes kissallamme on silmissä upeat "kajalit" - niitä en ole itse koskaan osannut itselleni laittaa. Turkistakaan ei ole toistaiseksi leikattu kuin yksi takku!

Maria Hänninen
Ressu mökillä

Hei! Minä olen Ressu. Olen 2,5 -vuotias kultainennoutajauros. Nyt kerron, mitä tapahtui, kun olin isäntäni ystävän mökillä. Olen ollut siellä nyt kaksi kertaa. Näin siellä tapahtui ensin, kun olin 1-vuotias.

Eräänä aamuna heräsin. Huomasin, että omistajani Maria, Marian äiti, emäntäni ja Marian isä, isäntäni, olivat hereillä. Maria on tavallaan minun tärkein ystäväni ja siskoni. Heillä oli isot laukut oven edessä. Sitten Maria sanoi minulle: " No niin, Ressu. Nyt mennään mökille! "

"Mökille? " minä ajattelin. "Mikä on mökki?" Se selvisi minulle pian.

"Et varmaan tiedä, mikä on mökki. Mökki on sellainen talo, jonne voi mennä lomalla tai koska vaan. Se on kuin vapaa-ajantalo, kaukana kaupungista. Siellä on takka, sänkyjä, keittiö, ja kaikkea jännää", Maria selitti.

Hetken kuluttua istuimme autossa. Vatsani oli täynnä koirienmuroja. Kesken automatkan otimme erään miehen kyytiin. Hän oli kuulemma mökin omistaja ja isäntäni ystävä. Hän kutsui meidät mökilleen. Matka mökille kesti mielestäni kauan, ainakin tunnin. En tiedä itse, missä mökki tarkallaan sijaitsee, mutta jossain kaukana se ainakin on. Matkalla näin paljon muita autoja ja ihmisiä sekä myös lehmiä tiellä. Ne olivat isoja

Sitten auto pysähtyi ja ovi avattiin. Edessäni oli mustikkapensaita ja korkeita puita. Hyppäsin alas autosta ja nuuhkin ilmaa.

Se tuoksui männyltä, mustikoilta ja suolavedeltä. Mökillä oli kaunista! Mustikoiden ja mäntyjen lisäksi siellä oli villivadelmapensaita, ahomansikoita ja kauniin värisiä kukkia! Lisäksi siellä oli paljon lintuja ja oravia. Niitä meni meidän ohi paljon.

Kävelin eräälle talolle. Sinne Maria laittoi laukkunsa ja juoksi veden luo, sillä siellä tosiaan oli vettä. Kuin aivan hirveän suuri uima-allas, vettä vaikka millä mitalla. Vesi maistui suolalle ja kaloille, mullalle ja kaislikoille. Maria sanoi, että sitä vettä ei saa juoda, sillä se on likaista ja suolaista eikä tee hyvää koirille. Mutta minä en kuullut ja uteliaisuus sai minut maistamaan. Se oli virhe! Vatsani tuli todella kipeäksi.

Minut laitettiin laiturin vieressä olevaan tolppaan kiinni hihnasta. Minulla oli paljon raikasta vettä kupissani vieressä. Hetken kuluttua Maria piti jonkinlaista keppiä veden yllä. Keppi oli pitkä ja suora ja sen päässä roikkui naru. Keskellä narua oli valkopunainen pallo, joka kellui veden päällä. Joskus se hyppi veden päällä ja meni veden alle. Silloin Maria nosti keppiä ja narussa roikkuvan koukun päässä oli kala. Näin jatkui kauan ja kaloja oli erilaisia: oli vihertävän raidallisia kaloja, joissa oli punaiset evät, isoja litteitä, limaisia, hopeanharmaita kaloja ja samankaltaisia, pienempiä punasilmäisiä. Suurin kala oli iso, limainen ja sen selkä oli tumma, vatsa melkein valkoinen. Kun kalat sitten illalla perattiin ja keitettiin, minä sain syödä ne. Nam! Paitsi sitä suurinta en saanut, sen söivät omistajani.

Illalla myöhemmin Maria ja isäntäni menivät veteen. Kas kummaa! Heistä näkyi vain pää! He kuulemma uivat. Se näytti kivalta, joten minäkin menin laiturille ja hyppäsin veteen. Noustessasi pintaan huomasin jotakin outoa: minä uin! Toden totta! Minä uin, vaikka en ole ikinä ennen uinut! Maria kehui minua ja ui vierelläni. Jossain vaiheessa hän sukelsi tai meni veden alle ja pintaan tuli kuplia. Sitten Maria nousi itsekin pintaan. Jonkin ajan päästä hän meni kuumaan huoneeseen, jossa oli kuumaa höyryä ja tuoleja, joissa istua. Mietin, miten Maria jaksoi olla siellä, sillä siellä oli todella kuuma. Kun Maria tuli pois, hänellä oli vaatteet päällä. Hän laittoi uima-asunsa narulle kuivumaan ja kuivasi sitten minua pyyhkeelläni. Kun olin kuiva, kävimme vielä poimimassa mustikoita. Tai hän poimi. Minä söin kaikki. Kun yö tuli, menimme mökkiin. Söimme makkaraa ja perunoita. Jälkiruuaksi söimme herneitä, vadelmia, ahomansikoita ja mustikoita. Kun olimme syöneet, menin takan viereen laitetun pyyhkeeni päälle. Se oli tämän yön nukkumapaikkani, lämmin ja pehmeä. Maria nukkui sohvalla.

En tiedä mihin muut menivät, koska nukahdin äkkiä. Yöllä minua kiusasivat jonkinlaiset kärpäset, jotka inisivät korvan vieressä ärsyttävästi. En tiedä, mitä kärpäsiä ne olivat, mutta niiden pistot kutittivat kovin!

Aamulla heräsin kamalaan vessahätään. Herätin Marian nuolemalla tämän naamaa. Hän oli syvässä unessa ja mumisi jotain minulle, mutta heräsi sitten ja me menimme ulos. Ennen kuin menimme takaisin sisään, menimme laiturille. Maria otti taas keppinsä ja piti sitä veden yllä. Minä juoksin rannalla keräämässä kaislikoita. Minulla oli todella hauskaa! Yhtäkkiä näin mäntymetsässä jotakin ruskeaa. Se katsoi minua sieltä. Innostun ja lähdin metsään. Ajoin takaa sitä pitkäkorvaista, ruskeaa, pörröhäntäistä olento, joka juoksi todella nopeasti. Juuri kun minulla oli hauskaa metsässä, kuulin huudon. Menin laiturille, jossa Maria jo odotti minua. Ravistin takiaiset itsestäni ja kävelin Marian perässä mökkiin. Sieltä tuli huumaavan ihana pihvin tuoksu. Grilli oli oven lähellä ja siellä oli sisällä jotain hyvää. Innostuin liikaa ja lähdin haistamaan sitä. Olen vielä kokematon ja koskin kuonolla grilliä. Yhtäkkiä kuonoani alkoi sattua ja tuntui, kuin se palaisi. Vinkaisin kivusta ja Maria otti minut syliinsä. Kuonoani sattui ja kirveli. Onneksi meillä oli kylmää, raikasta vettä. Maria laittoi sitä kuononi päälle ilman, että kuononi sisään meni vettä. Söimme ja sen jälkeen oli aika lähteä kotiin. Se olikin hyvä, koska olin aika väsynyt ja kuononi oli kipeänä, vaikka siinä oli päällä kylmää voita. Istuin pyyhkeeni päällä ja katsoin, kun Maria pakkasi tavaroitaan. Hän jutteli minulle rauhallisesti ja kertoi, että ei ole mitään hätää. Sitten emäntäni otti pyyhkeeni ja laittoi sen laukkuun, jossa on koirien kuvia. Laukussa oli myös ruokakipponi, remmini ja pyyhkeeni.

Kotimatkalla nukuin Marian polven päällä. Olin umpiväsynyt kuten kaikki. Lisäksi kuonoani kirveli yhä ja se punoitti. Se ei tuntunut kivalta! Kun auton ovi taas avattiin, huomasin olevani kotona. Näin pihapuun, taloni oven, makuualustani, pihalampun ja tärkeimmät, omistajani. Onneksi! Söin muroja kuin ensimmäistä kertaa. Oli ihanaa olla kotoa. Kun ruoka oli syöty, menin eteiseen paikalleni. Välillä Maria tuli viereeni ja hieroi kuonooni jotain rasvaa. Eikä hetkeäkään, kun nukahdin ja seikkailin taas uusissa paikoissa. Nyt olen ainakin käynyt mökillä ja nähnyt ensi kertaa meren.

Tuollainen oli ensikertani mökillä. Ja älkää olko huolissanne, kuonooni ei enää satu. Maria hoiti sen kuntoon.

Sitten tuli toinen kerta mökillä, kun olin 2-vuotias. Se meni näin: Aamulla heräsin normaalisti. Edellispäivinä Maria oli ollut kiireinen ja pakannut laukkuaan. Aavistin, että menemme jonnekin. Ja niin menimme! Minut vietiin ulos pisulle, ja kun tulin takaisin, jouduin syömään muroni nopeasti. "Ressu! Menemme mökille! Tule nopeasti! On jo kiire! " huusi Maria kun söin. Nielaisin äkkiä viimeisetkin murot kupistani ja juoksin ulos. Mutta nyt ilmeni yksi pulma. En jaksanut nousta autoon niin hyvin. Niinpä Maria nosti takajalkojani kuin kottikärryjä ja tassuttelin syvemmälle takapenkille. Kun pääsin keskelle penkkiä, Maria oli ihan punainen naamastaan ja läähätti. No, onhan se raskasta nostaa täysikasvuista koiraa, mutta pääsinpähän sisään autoon.

Autossa oli kuuma. Aurinko paistoi korkealla sinisellä taivaalla ja autossa minä en voinut muuta kun läähättää. Välillä kurkkasin autoa ajavan emäntäni pään vierestä eteen. Emäntäni säikähti välillä, mikä pää se sieltä tulee. Kuulemma kuolasin paljon, joten jouduin istumaan paikallani. Seisoin autossa paljon, sillä makuulla oli paha olla, koska auto heilui ja se ravisti vatsaani ikävästi. Istualtaan tuntui koko ajan siltä, että kaadun jommalle kummalle sivulle, ja siksi sekin oli vaikeaa. Lisäksi kuuma auto teki tunnelmasta todella huonon.

Kun tulimme perille, huomasin, että olen mökillä. Jipii! Saa taas olla vapaana, syödä mustikoita ja uida! Hiphei! Kesä onkin ihanaa! Jos lämpöä olisi vähemmän, se olisi täydellinen. Omistajani kantoivat laukkuja ja minä istuin mökissä ja odotin, että pääsen ulos. Mökissä oli vähän pölyistä, mutta pieni siivous saisi sen kiiltämään. Kaikki oli kuten edellisvuonna, paitsi että lattialla ja ikkunoiden välissä oli kuolleita kärpäsiä ja mehiläisiä. Muuten kaikki oli ihanaa! Odotin omistajani sisällä. Pian emäntäni tuli ja laittoi pyyhkeeni taas samaan paikkaan, missä se oli ollut viime vuonna, takan eteen. Hän laittoi minulle myös puhdasta, raikasta vettä ja muroja. Sitten hän pudotti muutamia lempilelujani maahan eri kohtiin. Join vettä ainakin kolme desilitraa ja sitten menin terassille. Sieltä oli hieno näköala merelle. Meri kohisi ja lokit nauroivat jossain kauempana ja saalistivat kaloja. Kaikki oli niin kaunista. Puut huojuivat hennossa tuulessa ja linnut lauloivat puiden latvoissa. Ah, olisipa joka kesä tällainen!

"Ressu! Mennään ulos! " kuulin Marian huutavan. Kuin salama juoksin eteiseen, missä Maria puki kenkiä jalkaansa. Hän oli jo purkanut laukkunsa ja pedannut sohvansa sängykseen. Sitten hän avasi oven ja päästi minut ulos. Se oli niin ihanaa. Sai juosta pehmeällä ruoh... auts! Olin astunut männynkävyn päälle. Vingahdin ja Maria tuli luokseni. Hän katsoi tassua ja sanoi, että ei ole paha haava. Sitten sain mennä veteen ihan vapaasti, koska vesi kuulemma puhdistaa haavan. Se kuitenkin kirveli, koska vesi oli suolavettä. Haava kyllä parani nopeasti ja hupi sai jatkua. Sain taas keräillä kaislikoita ja syödä ruohoa - vaikken mikään lehmä olekaan - ja temmeltää vapaana. Se oli ihanaa! Sitten näin jonkun pitkän uivan keskellä vettä. Maria jähmettyi pelosta ja jännityksestä ja sanoi hiljaa: "Ressu, älä mene sinne. Tuo on rantakäärme, joka voi purra sinua ja se sattuu." Pelästyin itsekin, kun ymmärsin Marian ilmeestä, että nyt ei kannattanut mennä tuon luo. Käärme kuitenkin säikähti itsekin ja ui pois. Vaara ohi. Ilta tuli ja saimme taas Marian kalastamia kaloja syödä. Hyttysiä oli vähemmän kuin ennen, mutta ininä kuului silti. Kun vatsa oli täynnä, käytiin vielä iltapisulla ja tultiin nukkumaan sisään. Minä olin väsynyt ja nukahdin heti

Aamulla isäntäni herätti minut. Oli aikainen aamu, ja olimme isäntäni kanssa aamulenkillä. Kiersimme metsää ja söimme mustikoita ja villivadelmia. Linnut alkoivat laulaa hiljaa ja aamu tuntui alkavan ihanan viileästi. Taivas oli yhtä sininen kuin meri, mutta kyllä se siitä vaaleni. Kun palasimme sisälle, emäntäni oli tekemässä aamiaista. Isäntäni kaveri oli jo syömässä, mutta Maria nukkui. Niinpä päätin herättää hänet hyppäämällä sängylle. Maria enemmän säikähti siitä kuin heräsi, mutta ei suuttunut. Aamupalan jälkeen menimme taas uimaan. Osasin uida, mutta halusin uida Marian ja isäntäni edelläni, mutta he eivät ymmärtäneet. Niinpä uin heidän selkänsä taakse ja yllätin heidät polskimalla käpälilläni vettä heidän selkään. Ehkä kyntenikin osuivat selkään, sillä he saivat naarmuja selkäänsä, mutteivät pahastuneet.

Myöhemmin Maria kalasti taas. Keskipäivän aikaan alettiin pakata. Kotiinlähdön aika olisi pian, mutta en olisi halunnut lähteä. Niinpä sain idean!

Menin yksin ulos ja lähdin naapurin puolelle. Olin päättänyt leikkiä piilosta heidän kanssaan. Kun olin ollut hetken yksin, emäntä huusi: "Ressu nyt lähdetään! Ressu, missä olet?" Ensin hän alkoi etsiä ja lopulta kaikki etsivät minua. Metsästä, mustikoiden luota, vedestä, saunasta, mutta ilman tulosta. Silloin kyllästyin ja kävelin heidän luo. Maria torui minua, koska olin mennyt pois ilman lupaa. Niinpä menin autoon kymmenen minuuttia ennen lähtöä, etten karkaisi taas. Auto oli viileä, koska se oli puiden lähellä, eikä auringonvalo koskettanut sitä.

Myöhemmin Maria, emäntäni, isäntäni ja isäntäni ystäväkin tulivat autoon ja lähdimme. Matka kului nopeasti, koska nukuin koko matkan. Kotiin päästyämme ei ollut vielä kovin myöhäistä ja menimme Marian kanssa lenkille. Sieltä palattuamme söin vielä viimeksi kalastettuja kaloja ja menin nukkumaan eteiseen. Olenpahan nyt ollut jo kaksi kertaa mökillä! Nyt tiedätte, millaiset mökkiseikkailut olen kokenut, toivottavasti piditte! Nyt vain odottelen, koska pääsen taas mökille!

Evelina Fredriksson
Keijun kesä

Rakas koiramme Keiju on kuin lumipallo keskellä kesää, Keiju on kuin valkoinen norpan poikanen, Keiju on kuin hyvältä tuoksuva valkosipulipatonki.

Koiramme kesään kuuluu tiettyjä rutiineja. Aamulla nukutaan siihen asti, kunnes talon emäntä herää päästämään Keijun takapihalle aidattuun pihaan ulos. Keiju seuraa tarkasti kuinka luonto herää eloon joka aamu. Linnut lähtevät liikkeelle etsimään poikasilleen ruokaa, mehiläiset ja ampiaiset lähtevät etsimään hyväntuoksuisia kukkia, siilit vetäytyvät nukkumaan ja aurinko alkaa sarastaa.

Kun tarpeet on tehty, on aika laittaa murua rinnan alle ja ehkäpä pari herkkupalaa maistuisi näin päivän aluksi.

Kun perheen nuorimmat tytöt alkavat heräilemään on Keiju jo huoneessa jakelemassa tervehdyksiä ja hetken kuluttua kieriskelemässä sängyssä ja kerjäämässä rapsutuksia. Keijun mielestä kesässä on varmasti ulkoilun ja lenkkeilyn lisäksi kivaa se, että kotona on päivällä perheen kanien lisäksi ihmisiäkin, joiden kanssa puuhastella.

Kun perheen nuorimmat tytöt ovat suorittaneet aamurutiininsa kuuluu toisen tytön suusta tuttu sana: "Lenkille!". Keijun korvat nousevat silmänräpäyksessä pystyyn, sillä se tietää sanan merkityksen: se pääsee ulos haistelemaan toisten koirien hajuviestejä, tekemään tarpeensa ja nauttimaan ulkoilmasta.

Lenkillä tytöt huomaavat Keijun tarkkaavaisen ilmeen: Keiju

katsoo suoraan heinikkoon korvat sojottaen taivasta kohti. Kun tytöt menevät lähemmäksi he huomaavat, että heinikossa loikkii sammakko, joka jo hetken kuluttua on kadonnut heinien sekaan. Lenkki jatkuu yhtä rauhallisesti kuin on alkanutkin. Hetken ajan Keiju pysähtyy kuuntelemaan luonnon mielenkiintoisia ääniä, heinäsirkan sirkutusta, ötököiden pörinää, linnun laulua, siiven iskuja, lehtipuun kahinaa ja jostain kaukaa kuuluu koiran ystävällistä haukuntaa.

Kun lenkillä on käyty, saa Keiju juotavakseen raikasta ja kylmää vettä, jota se helteisen lenkin jälkeen latkii mielellään. Aika kuluukin lepäillen, leikkien, ulkoillen ja tehden kaikenlaista, kunnes ollaan jo illassa.

Keiju on päästetty ulos takapihalle, jossa se istuskelee auringonlaskun tuottamassa lämmössä. Yhtäkkiä Keiju kuulee puskasta rapinaa ja liikettä ja rientää äänen suuntaan kiivaasti haukkuen. Paikalle on tullut siili. Keiju houkutellaan sisälle ja kohta on aika mennä iltalenkille.

Iltalenkillä ollessa ulkona on rauhallista, sillä monet eläimet ovat menneet jo omiin pesiinsä unten maille ja vain pari mopoa huristelee autotiellä.

Kun lenkillä on käyty ja "iltapala" syöty, menee Keiju perheen äidin kanssa jo unten maille. Keiju ei varmastikaan aavista, mitä kesä vielä tuo tullessaan.

Seuraavana päivänä aamulla, kun Keiju herää ilmassa on kiireinen tunnelma. Kaikki kävelevät huoneesta toiseen ja kantavat kasseja autoon. "Mitä oikein on tekeillä?" Keiju varmasti miettii. Yhdessä kassissa Keiju näkee vilauksen omista tavaroistaan, ja mieleen juolahtaa varmasti sama ajatus, kuten joka kesä tässä samassa tilanteessa: "Ollaanko kenties lähdössä johonkin matkalle?"

Kohta Keiju onkin jo autossa istumassa, ja ollaan matkalla kohti mummolaa.

Automatkasta on tulossa pitkä ja kuuma, mutta onneksi kuumuutta helpottaa avonaisista ikkunoista tuleva ilma ja se, että välillä pysähdytään jonnekin juomaan vettä ja hieman ulkoilemaan.

Yhtäkkiä auto pysähtyy tuttuun pihaan, ja Keiju taitaa tietää, että nyt ollaan perillä, sillä se hyppii iloisena autossa ja katsoo katse täynnä intoa ikkunoista ulos.

Kohta Keiju on jo sisällä juomassa juuri vaihdettua viileää ja raikasta vettä ja sen jälkeen se käy pitkäkseen keittiön nurkkaan ja viettää siellä aikansa lepäillen siihen saakka, kunnes pöydän ääressä ruokailevat ihmiset nousevat ja ovat lähdössä jonnekin, kenties lenkille?

Oikein arvattu, hetken kuluttua Keiju on jo ulkona lenkillä läheisessä metsässä, jossa sen nenään tulvahtaa metsämarjojen ja luonnon haju. Metsässä on myös paljon vieraiden koirien hajuja, joita Keiju haistelee nenä maata viistäen.

Yhtäkkiä maaperä muuttuu kuivasta kangasmetsän maasta pehmeäksi hiekkarannan hiekaksi, nyt ollaan rannalla. Rannalla on rauhallista. Jossain kaukana näkyy uiskentelevan pari ihmistä, muuten ranta on melkeinpä autio.

Keiju katsoo, kun perheen lapset menevät järveen uimaan, mutta suostuu itse vain hipaisemaan vettä tassuillaan, sillä uimaan Keiju ei ole ajatellut mennä. Yllättäen Keiju alkaa kaivaa rantahiekkaa ja käy kaivamaansa pieneen kuoppaan makaamaan. Syvemmällä hiekassa on varmasti viileämpää kuin auringon paahtamalla hiekan pinnalla. Keiju myös pyörähtää kuopassa pari kertaa ja on sen jälkeen yltä päältä hiekassa.

Kun uimassa on käyty jatkuu loppupäivä ulkoilun merkeissä, ja Keiju pääsee myös viilentämään itseään jäähallista tuodussa lumikasassa, jossa Keiju poseeraa oheisessa kuvassa. Keiju hyörii ja pyörii, ja kun se on saanut tarpeeksi viileän olon, on se taas valmiina jatkamaan matkaa. Keiju suosittelisi lumessa pyörimistä varsinkin kesällä varmasti kaikille muillekin karvaturreille! Jos on koiran kanssa lenkillä ja on kuuma päivä kannattaa viedä koira lumikasaan pyörimään, jos sellainen vain on lähettyvillä, koska koira kyllä nauttii siitä.

Päivät kuluvat lenkkeillen, ulkoillen, loikoillen ja tehden kaikenlaista mukavaa, kuten urheillen urheilukentällä. Keiju nauttii varjosta kieltään suusta roikottaen, juoksee omistajiensa kanssa, ja urheilee ihan kuin urheilukentällä kuuluukin. Samana päivänä, kun Keiju on jälleen kerran lenkillä, tien reunalla näkyy luikertelevan jokin pitkä otus. Keiju haluaisi uteliaisuuttaan mennä tutkimaan tuota pitkulaista otusta, mutta Keiju pidetään kaukana sen lähettyviltä, sillä kyseessä on käärme ja vielä myrkyllinen sellainen - kyykäärme!

Tytöt rientävät hakemaan kameraansa, koska haluavat ikuistaa tapahtuman. Sillä välin perheen äiti pitää Keijua kaukana käärmeestä. Kun kuvat on saatu, ja Keiju on melkeinpä unohtanut käärmeen olemassaolon, jatkuu lenkki kohti metsäpolkua, jossa pari varista raakkuu ja jostain kuuluu tikan ahkerointia. Keiju ei kuitenkaan ääniä erityisesti huomioon, vaan hajut ovat sen mielestä kiinnostavampia. Muina päivinä ei käärmeitä näykään ja se on hyvä se.

Yllättäen mummolassa vietetyt lomapäivät ovat lopuillaan ja kohta ollaankin jo paluumatkalla kohti kotia. Keijusta on varmaan kivaa mennä tuttuun ja turvalliseen kotiin, sillä kuten sanonta kuuluu: "Oma koti kullan kallis!"